Der kleine Maulwurf

Das ist Markus Maul,

der kleine . Markus Maul

lebt unter einer  mit

vielen bunten . Zwischen

den  stehen kleine braune

. Die hat alle Markus Maul

mit seiner  gemacht.

Unter der  hat der kleine  eine  .

Darin stehen ein  , ein  ,

ein  und ein  .

Markus Maul hat sogar eine  .

Obwohl er als  fast blind ist.

Aber Markus Maul hat auch

eine  . Und für einen 

mit  ist eine  nützlich.

Heute will Markus Maul keine

neuen  aufschütten.

Heute lässt er seine 

in der . Er setzt die  auf.

Er nimmt ein  und geht

mit seinem  nach draußen.

Er stellt seinen  auf und

legt sich in die . Über ihm zwitschern  . Doch was ist

das? Alle seine  sind platt.

Der  springt auf. „Wer hat

meine  platt gemacht?“, brüllt er empört. „Welche 

denn?“, fragt jemand hinter ihm.

Markus Maul dreht sich um.

Zwei riesige  starren ihn an.

Eine  steht kauend auf

der . Hinter der  sind noch mehr . Alle glotzen

den kleinen  an. „Ihr könnt

 fressen, so viel ihr wollt!“,

ruft Markus Maul wütend.

„Ihr könnt sogar die schönen 

fressen. Aber meine  lasst

ihr in Ruhe! Sonst passiert was!“

Was sonst passiert, weiß der

kleine  selbst nicht.

Aber die  wollen ab sofort auf die  achten.

Markus Maul droht mit der 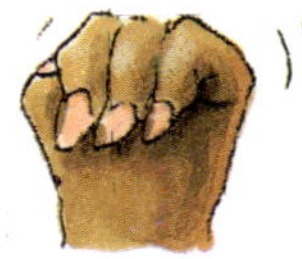.

„Wehe, wenn nicht!“ Dann holt er

seine . Heute kann er

nicht in der  liegen. Erst muss

er neue  aufschütten.

Der Vulkan

Markus Maul steht auf einem

seiner vielen  . Die 

brennt heiß auf die  .

Das 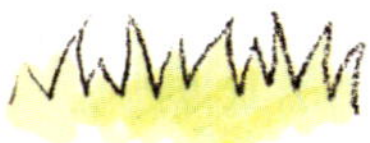 ist schon ganz gelb.

Die  sind verwelkt.

Der kleine  wünscht sich eine dicke, fette  .

Plötzlich reckt Markus Maul seine

 hoch. Was riecht denn hier

so merkwürdig? Weshalb steigt

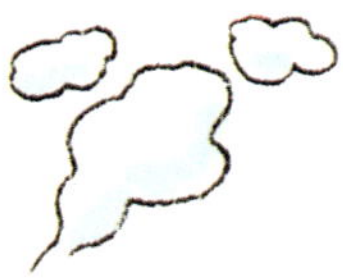 aus einem seiner ?

Gibt es mitten auf der  einen richtigen  ? Ob der 

gefährlich ist? Vielleicht spuckt

er ? Vorsichtig schleicht

der kleine  näher heran.

Er bleibt stehen und stützt sich

auf seine . Er schnuppert

noch einmal. Dann fällt es

Markus Maul wieder ein. „Ach

herrje!“, ruft er. „Mein  !“

Er lässt die  fallen, schnauft

dreimal tief durch und rennt

in seine . Er reißt den 

auf und nimmt ein .

Er packt den rauchenden 

und rennt hinaus auf die .

„Schade“, sagt der kleine .

Der  ist schwarz.

Markus Maul wirft ihn ins .

Dort raucht der  vor sich hin.

„Zu dumm“, sagt Markus Maul.

„Wenn nur die  nicht

anbrennt.“ Da macht es leise

plitsch. Der  hebt den .

Über der  schwebt eine

dicke  . Da macht es leise

platsch. Es regnet riesige  .

Das  wird wieder grün.

Die Wörter zu den Bildern:

Maulwurf

Wiese

Blumen

Hügel

Schaufel

Höhle

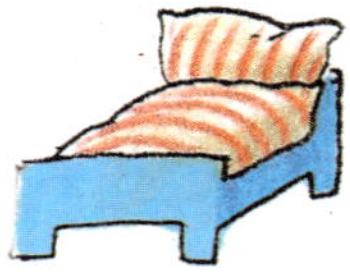

Bett

Stuhl

Tisch

Herd

Lampe

Brille

Buch

Liegestuhl

Sonne

Vögel

Augen

Kuh

Gras

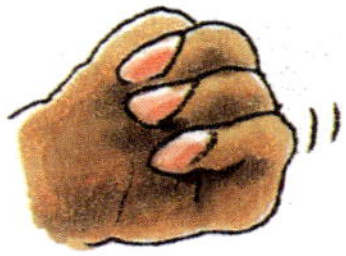

Faust

Wolke

Nase

Rauch

Vulkan

Feuer

Kuchen

Backofen

Kopf

Geschirrtuch

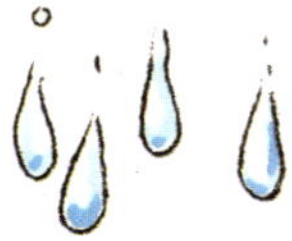

Tropfen

Dieses Heft ist auf chlorfrei gebleichtem Papier gedruckt.

Die Deutsche Bibliothek – CIP-Einheitsaufnahme

Markus Maul hat viel zu tun /
Werner Färber/Michael Schober.
– 1. Aufl. – Bindlach : Loewe, 1998
(Billebu)
ISBN 3-7855-3209-1

ISBN 3-7855-3209-1 – 1. Auflage 1998

Geschichten entnommen aus: *Lirum Larum Lesemaus – Geschichten vom kleinen Maulwurf*
Umschlagillustration: Michael Schober
Reihengestaltung: Angelika Stubner/
Pro Design, Klaus Kögler
Gesamtherstellung: Sebald Sachsendruck, Plauen
Printed in Germany